桃園詩行

方群——著

桃園市行政區劃圖

圖片來源：桃園市桃園區公所網站

繼續以詩漫遊

——《桃園詩行》自序

方群

詩歌是內心情意的抒發，也是個人意志的實踐，縣市地誌詩的經營與創作，對我不只是習慣，還有更多的承擔和愛。回憶足跡親吻過的山巔海角與僻壤窮鄉，每一尺的記憶都鮮活，每一寸的想像都豐富，而每一次的創作都彷彿回到最初，於是這樣的旅行及修行，也將無止盡地持續下去……

《桃園詩行》是我的第十四本新詩創作，也是第六本縣市專屬地誌詩，全書共分六卷，收錄各式詩作六十首。

「卷一：海岸記事」收錄濱海的蘆竹、大園、觀音、新屋等四區的自然風光、人文史蹟與民俗風情的刻劃描寫。

「卷二：身在山中」收錄依山的龍潭、大溪、復興等三區的自然風光、人文史蹟與民俗風情的見聞感觸。

「卷三：結廬人境」收錄龜山、桃園、八德、中壢、平鎮、楊梅等六區的自然風光、人文史蹟與民俗風情的體驗記錄。

「卷四：感時起興」收錄對晨昏寒暑的感應懷思，以及在日常生活中觀察省思的種種創作。

「卷五：紅塵滋味」收錄桃園各區的飲食樣貌，聚焦地方美食、夜市小吃及文創產品，且多以組詩的方式建構。

「卷六：藝文薈萃」是以桃園各區的藝文名家為對象，運用鑲嵌和小傳附註的形式，展現其傑出的專業能力與成就貢獻。

「洛陽三月花如錦，多少功夫織得成？」一本詩集的問世，除了詩人播種耕耘，也仰賴天時地利的恩賜。感謝桃園市立圖書館提供機會與經費，也感謝評審委員們的鼓勵支持，更感謝秀威資訊科技長久以來的鼎力相助。詩歌是真實的投影，也是夢想的實踐，經由這些吉光片羽的省思手札，也映現這座城市的點點滴滴。沒有詩的日子，肯定落寞孤單，我們期待繁花的無私綻放，在豐饒寶島的城鎮郊野，也在福爾摩莎的平原山林。

迎著風，迎著雨，迎著星辰，迎著日月。未來的路，仍向前延伸開拓。在時空交會的忙碌宇宙，我們以愛凝視，以心共振，在每一片值得流連的誠摯土地，繼續以詩漫遊。

CONTENTS

卷二 身在山中

卷三 結廬人境

卷四 感時起興

卷五 紅塵滋味

卷六 藝文薈萃

卷一

海岸記事

狙擊

——在蘆竹

童年在祖父的腳跟埋伏
沿村口敲打彷彿街坊一定迷路
想像的民主如果畫號角標誌
繼承歷史也只是一面輕易喧囂的鑼

沒有一顆子彈會承認自己的愚蠢
公墓上的碑文從不肯開口交待清楚
走出覘孔的靈魂始終沒有重量
熟悉的寧靜漸漸躺成一片不熟悉的下午

相逢

——在竹圍漁港

童年在海岸擱淺
昨夜的殘夢仍匍匐
徘徊燈塔的期待凝望

迷途的唇齒四處尋覓，遠方
戰鼓敲響疲憊的流浪
彷如航海的輪迴羅盤
聆聽午夜噤聲的秘辛悄悄靠岸

當搖晃的鐘聲再次碰撞
喧鬧的旗幟在城堡麇集飄揚
我們忽視彼此眼眶的茫然
衝鋒兌換一頁永恆的生死信仰

乘風追逐思念從未回頭

——桃園機場側寫之一

乘著奔馳的
風在雲端鼓動
追求的愛戀
逐一排列成楓紅的晚秋
思想的樹
念念不忘腳底的泥土
從開始的足跡，走向
未知的憧憬
回首飄逸
頭頂殘留的虹

不是我愛流浪只是我有翅膀

——桃園機場側寫之二

不能否定的
是意識形態的問題
我思故我在——
愛的語言
流行在眉目唇齒皮肉骨髓
浪漫始終冷笑
只有體溫
是記憶之外的蓬萊

我會追求，擁
有延展時空的
翅
膀，飛翔在願望的雲端……

童年

——在南崁港

童年的腳步始終徬徨
彷彿一列不曾啟碇的桅杆
總是習慣眺望

遲疑的眼光經常回想
緩緩翻閱潮濕的記憶想像
穿梭疆域擱淺的慨嘆

幸福與詛咒相遇擁擠的甲板
沉默的舵手用心聆聽起伏的波浪
摸索屬於傳說的簡單信仰

風雨過後的船笛仍定時返航
生鏽的船身塗抹斑駁的平安
在承諾邂逅匆促的陌生海港

草漯沙丘

季風濃縮的撒哈拉
沿著海岸，蛇行

穿梭風車的間隙
陽光從防風林的隱蔽陣地
展開伏擊

滑行的歲月一路搖擺著
莫名渴望的眼眶
揚起日落隨興的烙印姿態

蓮荷園休閒農場

·之一　坐大王蓮·

坐井觀天的缺憾，舒展一葉
大無畏的漂浮勇氣
王者的氣勢騰空而起
蓮的清新，超脫塵俗

・之二　吃洛神花臭豆腐・

吃貨降落、降落
洛水的一縷幽魂，化為
神的奧義傳說
花朵以愛的滋味綻放
臭氣相投的人間紛擾依舊，如
豆的目光無法瀏覽，紅塵
腐朽的貪嗔痴，難以解脫……

・之三　品荷葉湯包・

品格如星辰升起
荷的化身
葉的觀照
湯湯水水的滋味，以餘韻
包容眾生

首訪永安漁港

螺旋迴轉的震盪持續呼嘯
從山坡到海濱
聆聽鄉音

不屈服的僵直硬頸，仰望
逆風振翅的海鳥
任性飛行

羅列的漁獲貫串熱絡的鼎鑊
穿梭瞳眸與腸胃
繞樑的鮮美音符
沿著夕陽的漸層背影，回味……

富岡速寫

‧三連陂‧

陂塘　的
旁邊　還有
陂塘　的
旁邊　還有
陂塘　的
旁邊　還有

鷺鷥鷺鷥飛過了凝望
鷺鷥鷺鷥飛過了徬徨

＊此詩形式仿自林亨泰〈風景No.1〉。

三連陂設有「粼粼波光、翩翩白影」之白鷺鷥地形造景藝術。

‧伯公岡公園‧

鄉親老了
土地還年輕

造型年輕
回憶卻老了

＊此詩形式仿自桑恆昌〈觀海有感〉。

‧老街‧

灰塵堆疊妳灰色的陰影
妳卻用它凸顯創新

＊此詩形式仿自顧城〈一代人〉。

四季花語

·櫻·

有些瑣碎的飄零
短暫
回應春天

·荷·

沒有理由的回顧
在水面上
招展

·菊·

想像一種凝結的金黃
穿梭
珍貴綻放

·梅·

唯一剩下的
是意外寒冷的隱藏
幽香

卷二

身在山中

龍潭三寫

・南天宮・

氤氳湖面的寧靜香火
書寫歷史與傳說

眾生祝禱的誓言
相逢山水的紅塵交錯

·小人國·

時間濃縮的甜蜜童年
一口口回味自己

繞行奔馳的無限足跡
放飛夢想疆域

·三坑老街·

快意洗滌人生，黑白
對映隨喜

踽行的鏡頭切割冥思
歸航津渡的靜謐

石門水庫

——無聲流過童年

執著的記憶澆灌土壤堅若磐石
青春夢想的匍匐奮力開啟窗門
飲盡一掬靜默流逝的蜿蜒河水
遺失軌跡的烙印率性倒車入庫
季風揚起歷史的卷軸拋向虛無
熱鬧聚會的故事聆聽風雨合聲
睡醒一夜花朵的姿態細數風流
淚滴縱橫假面堆積漸層的難過
靈丹幻滅肉身仍寄寓返老還童
迴盪空谷的垂暮感傷盤據殘年

* 石門水庫位在大漢溪中游，為土石壩結構，座落於桃園市大溪、龍潭、復興三區，一九六四年竣工。因溪口雙峰對峙若石門得名。原本興建的目的是灌溉與防洪，後亦提供用水及發電，目前也是知名的觀光遊憩景點。

與十七歲的自己重回阿姆坪

沿著漣漪我們勇敢地渡向彼岸
年少的誓言輕鬆複製飛揚輕狂
天地搭起的營帳可以仰望星光
睜大眼睛可以看見追逐的夢想

執著的容顏在淘洗後變輕變淡
漸漸遲鈍的感覺身體自然習慣
看著恆溫的衰老軀殼穿梭過往
煙塵飄散熄滅青春的喧鬧圖像

* 阿姆坪原為閩南語「鴨母坪」諧音，位於石門水庫中游右岸，屬大漢溪河階台地，為郊遊踏青的知名勝地，也是個人年少野宿露營的初體驗。

慈湖紀念雕塑公園

來自四面八方，支解的
銅皮鐵骨，相聚
山水無心的意外相逢

或坐或站或騎馬或凝望或回想
東征北伐剿匪抗戰動員戡亂
出擊攻擊進擊追擊，執行徹底
防守堅守固守死守，徹底執行

戰火瀰漫功勳分離硝煙飛散，轉瞬
回歸異鄉塵土
曾經是君父的封建城邦
曾經無由落淚掩泣跪拜

無辜的金屬繼續鎔鑄一張張陌生的臉
在白晝的街頭巡行恫嚇
在夜半的窗門落魄失魂

＊「慈湖紀念雕塑公園」，俗稱「蔣公銅像公園」，由大溪鎮公所於一九九七年設立。解嚴後全臺許多蔣公銅像被移除或閒置，於是陸續將銅像遷移至此，形成特殊的主題裝置公園。

大溪

——首訪鳳飛飛故事館

那是和**流水年華**徜徉的歲月
當**掌聲響起**在熟悉的土地
追憶**不了情**幻化飄搖的風
而**我是一片雲**隨你翩翩遠颺
夜幕低垂看**月朦朧鳥朦朧**的景況
說不出口的**心內事無人知**
遙望**雁兒在林梢**孤單凝望殘霞
與**愛不完的你**，在巷口道別

＊粗體字皆為鳳飛飛專輯歌曲的曲名。

年輪四首

——過東眼山

・一・

歷經歲月的反覆碾壓
這樣的生活
果然圓滿

·二·

環繞生命的核心
交替冷熱
刻劃生死的輿圖

·三·

隱藏的橫切面
以苦難層層打磨
修飾斑駁的沉默邊緣

·四·

滾動的江湖啊！
是一步步跨越四季的
周而復始

爺亨梯田

梯田 的
下面 還有
梯田 的
下面 還有
梯田 的
下面 還有

然而綠 以及豐收的想像
然而綠 以及豐收的想像

＊此詩形式仿自林亨泰〈風景No.2〉。

巴陵

那是一路隨個性蜿蜒的無價青春
青春率性地在等待的季節裡飄過
飄過的髮梢在風中自由輕狂瀏覽
瀏覽黏貼著夢想起飛的未來翅膀

翅膀將展開不能停止的永恆追逐
追逐容顏追逐數字追逐利祿功名
功名是附身華服冠冕的華麗篝火
篝火閃現了祖靈憂慮的沉默靛青

靛青靜靜彩繪天邊依序書寫承諾
承諾是雨季散落大地的點點清明
清明的雙眼懸掛分歧的血脈枝椏
枝椏伸展等待無由的垂死與重生

重生是幾句瀕危故事的疲憊族語
族語隱身城鄉交會的山腳與溪畔
溪畔的日夜總是在耳際認真練習
練習陌生卻不能遺忘的怦然旋律

拉拉山五帖

・神木・

仰望的身軀
壓印日月星辰寒暑交替的輪迴
伸長再伸長的臂膀展開結界
幻化眼前的光的埋葬

‧雲海‧

就這樣湧動著
山巒的旋律起伏動盪

不能泊岸的沉溺相思
承載記憶的重量

‧水蜜桃‧

豐潤多汁的尷尬姿勢
展露群山的顏色

排列擁擠的隱喻青春
渲染垂涎與貪婪

‧甜柿‧

一抹凝結的午後陽光
流轉口腔
如陣雨揮霍淋漓酣暢
醞釀愛的召喚

·櫻花·

短短的憤怒，轟然
在枝頭點起野火

一縷縷燃燒的魂魄
鼓動生命的上升氣流，超脫……

卷三

結廬人境

平行思念

——區間車過桃園有感

不遠處的鶯歌仍頻頻回眸
聆聽陶瓷碰撞的迴響不必失落
在縣市的交界迂迴搖晃
流動的思緒仍一步步邁向遠方……

你的命名是遺留的結義傳說嗎？
又或者只是一群隨意鮮美的發芽？
客家鄉音混雜東南亞腔調任性穿梭耳膜
慣性車廂排列離家與返鄉的悲喜哀愁

過快的輪軸無法停駐內心的日曆
這樣的諧音其實身不由己
原始的智慧鐵道旁漸次累積
來往學生吐納青春綻放的氣息

中線附近的經歷是激情詭異
面對面的抉擇彷彿孿生兄弟
堅持在意是出生的地理問題
我的胸懷無法認同你的履歷

這樣的名字總是太過熟悉
從北到南複製貼上貼上複製
從車站衍生這一方貼心的天地
天地也包容這方鄉親的贈與

走走停停又搖搖晃晃
酸溜溜的滋味接著響起
期盼一種止渴的瞭望，竟是
同一部歷史小說的接續

土地神的庇蔭總是無所不在
從伯公岡到富岡
增添些許富饒的想像
以陂塘滋養

慢慢地接近風城的呼喚
不經意冒出的年輕小站
新鮮且富有的企盼
等待文化的洗禮照亮

桃園機場捷運試乘有感

桃花的香氣就這麼妝點春光
園林裡商議著忙碌的旅行箱
機會總留給準備好的雙腳
捷徑是通往遠方的翅膀
試煉的火焰點燃朝陽
乘風飛翔用驕傲凝望
有一條路，在不遠的前方
感受青春奔馳的力量

寢事三則

——夜宿桃園

・枕・

耳鬢廝磨之後，只有
陣陣共鳴的鼾聲
直到天明

·被·

在攤開與折疊的間隙
記得我們相擁過
孤寂寒冷的生活

·牀·

完全託付了一生的疲憊
直到安息

忠貞新村

忠誠是烙印心頭的永恆戶口
貞節在海峽彼端悄悄點燃香火
新舊翻轉是非抉擇生死關頭
村莊隱居的老鄉總是傻傻看我

改動的門牌是另一種實踐承諾
設置場景的變換歲月如梭
雲朵依然飄向遠方，思念的
南方季風隨軍靴如陣雨走過
文明的霓虹映照所有深邃的眼眸
化外之地零落散布炎黃傳說
公開告白牆外忐忑的呼吸與生活
園丁守護關愛孕育的豐潤漿果……

＊忠貞新村（一九五四－二〇〇五）位於桃園市中壢區與平鎮區交界，是一九五四年間為撤退來臺泰緬孤軍所興建的眷村之一，二〇〇五年因老舊眷村改建計畫而拆除，二〇一三年於原址改設雲南文化公園。

在林森國小

在陽光追逐的軌道邊緣，穿梭
林木蓊鬱的都會隱匿街頭
森羅萬象的名牌懸掛濃密枝椏
國家棟樑從基底迅速成長，幻想
小小的身軀包容天地四方的飽滿可能

擔負夢境泅游沖激的凝視龍門
任性執著搜尋每個上岸的虛無渡口
評閱九百秒的模擬教室假裝頭頭是道
審查五官儀態字跡條理思緒輕重緩急
委託完美言詞詮釋人生計算晨昏四季
員額配置檢覈演技仰望耀眼金榜的永恆命題

埔心牧場五寫

・荷蘭乳牛・

黑白的斑紋環繞著
彷彿回到母親懷中
無盡吸吮的童年芬芳

·麝香豬·

曝曬之後的姿態
引逗著
鼻腔與味蕾的完美讚嘆

·水豚·

漫步陸地
浮游水域
飽食終日的自適自在
以慵懶的姿勢療癒

・澤巨蜥・

睥睨爬行
從電影濃縮的遠古巨獸
搜尋瀕危靈感

・獨角仙・

整裝披覆盔甲
撐起昂揚的勇士眉宇
挺立孤峰崢嶸

觀光工廠三題

‧之一　自行車博物館‧

奔馳的夢想總是其來有自
旋轉日月踩踏板步步前行
變速的齒輪替換不斷超車
城鄉接壤書寫著地大物博
愛情繞行青春的生日禮物
聽風雨穿梭環繞紅塵場館

·之二　機器人夢工廠·

機械組合的青春變幻美夢
器材相遇組裝物料與技工
人間轉瞬預約未來製造廠

·之三　想像力製造所·

想念的搜尋能力無遠弗屆
像極了愛情的變形阿米巴
力度掌握形塑幸福的關鍵
製版文字隨意扛起一袋米
造福造孽你要從哪邊觀察
所以紅塵虛妄皆是貪瞋癡

觀光工廠三詠

·之一　中草藥探索館·

中意的祕方寄寓神跡隱身野草
藥物無盡的煎熬輾轉生死試探
索求經脈鄉野懸壺巡行在棚館

·之二　健康活力能量館·

健身追尋夢想
康復心靈無瑕
活命吐納深淺
力度揣度均勻
能者多為勞者
量入無憂匱乏

·之三　舒眠文化館·

舒舒服服淪陷深沉的睡眠
文藝氛圍渲染了音符感化
舒展眉宇後無聲交易失眠
文字尋覓埋伏首尾的異化

宗教三景

・之一　景福宮・

開疆闢土的艱辛纍纍成桃
漳州的香火綿延氤氳田園
聖人無常師崇仰地大天大
王者典範守護眾生會宗廟

‧之二　圓光禪寺‧

圓融燭照與生俱來顯天性
光照八方出處紅塵立典儀
禪意萬千天女巧手施妙法
寺院宏偉百年教義揚名師

‧之三　基國派老教堂‧

基礎的石塊想像歷史古老
國際信仰壘疊著長老宣教
派遣人間部落成故事殿堂

感時起興

卷四

短詩四則

・放・

如果沒有握緊
先離開的
是你？是我？

・榜・

就這樣銘刻著
金光閃閃的
陌生名字

·落·

回歸紛擾的塵土之後
僅有的單薄尊嚴
屢屢被目光踐踏

·第·

層層堆疊的功名利祿
肯定適合安居
不必在意順序

節氣三題

・驚蟄・

被霹靂嚇醒的姿勢
瞭望
春意盎然

欣然甦醒的蟲，喧鬧
求偶

・春分・

萌芽的鐘擺，晃動
試探的跫音
忐忑

一片片習慣傾斜的思念
只能用陽光切割

‧清明‧

總是霧，或者
雨
瀰漫悲傷
不能用歲月抵抗
只能習慣

寒流三寫

・一・

比冷還冷的冷
在隱藏的僵硬的臉
刷——
存在感

·二·

遺忘的溫度
纏綿指尖
有雪，悄悄
凝固

·三·

聽說陽光曾經來過
在百萬年前
漫步
想像遷徙的緯度

寒流四題

·冷·

用絕情的薄棉被，抵抗
寂寞

·冽·

攤開任意切割的新傷口
記憶率性撒鹽

·冰·

瀕臨靜止的悸動
比想像透明

·凍·

完美的結界封印誓言
春天依然，遙遠……

同溫層

中氣層以下
對流層以上
習慣水平移動
缺乏垂直運動的思維和素養

本質是過氣的氣象舊名詞
轉身圍成網路舒適圈
同仁溫度總是恰到好處
小鬼容易燃燒
老頭趨向冰點

真實的狀況是離地面不太遠
厭世的臭氧默默吸收紫外線
我們享受這樣的簡單循環
演化恆溫星球的平凡生活

香格里拉

傳說的天堂，不能
靠岸，不宜
瞻望，不可
隨興漫遊，不應
加碼宣傳

或者群山封鎖
或者大海圍繞
刪除時間流動的頻率
沒有四季輪替
沒有苦樂悲喜

遺忘坪數和建蔽率
忽略公共空間與樓地板面積
也許機能完善也許交通便利
在這方自以為是的虛無疆域
換算靈魂潔淨的殘值
清點肉體負載的奧義

斷捨離

·斷·

無由串連的糾結思念
看巨斧旁觀
生死纏綿

·捨·

放手就是放下
茅廬裡的斑駁過往
雕刻記憶溫暖的居留

·離·

腳步仍徘徊
不辭而別的跫音
總是天涯海角

摩擦

那些多餘的稜角
早已圓滑

原本尷尬的芥蒂
其實是敗落的花

所有的仗義實話
彷彿一定犯傻

選擇沉默的原因
是真愛還是疲乏？

我奮力舉起崢嶸的自己
猛然向世界敲打

裸

·一·

沒有包裝的包裝
還是包裝

·二·

假設完美的形態
率性告白

·三·

差不多的線條
與顏色無關

·四·

像泥土一樣
最簡單的飽滿

·五·

戴上眼鏡
有色就不容易，走光……

在你的眼眸，我彷彿看見生命的光

在你的眼眸，我彷彿看見生命的光
擊打生命的燧石，我聽見
火紅的吶喊在荒野迴響
那是來自天地的歡唱
不再恐懼黑暗

不再恐懼黑暗，我昂首
走過歷史幽深闃寂的長廊
讓你的笑容溫暖我
如此晶瑩剔透
如此耀眼輝煌
就像運行不息的記憶陽光

就像運行不息的記憶陽光，我知道
那樣的感覺氤氳在每一吋呼吸的地方
拂過多情的手掌
親吻感恩的臉龐
在你的眼眸，我彷彿看見生命的光

卷五

紅塵滋味

夏季水果四寫

·荔枝·

嬌豔欲滴
映照妃子千古的
凝眸

·芒果·

滲入內心的橙黃體香
是遠渡重洋的遊子
氤氳芬芳

▪葡萄▪

無瑕的寶石
閃耀夜色
結晶歲月的闇黑戀情

▪龍眼▪

期待飛翔的完美慾望
在枝頭的縫隙搖晃著
銳利的夢想

閒適二帖

・早午餐・

貫穿腸胃，消化
天黑前的落寞
轉換一吋吋滋長的虛胖

·下午茶·

把心事泡成一壺打盹的茶
苦澀後是否回甘
就在陽光遲疑的半晌

晚餐三式

‧生薑燒肉‧

生活習慣這樣單純周而復始
薑汁調味感情悄悄醞釀回甘
燒煅的青春兌換殘存的白髮
肉與靈的距離仍在喘息袒露

·鹽烤花魚·

鹽一樣的平凡與尊貴，包裹
烤熟日夜旋轉的心跳與呼吸
花花草草繽紛綻放豔麗留存
魚游入海告別悔恨回首無垠

·南蠻炸雞·

南方的土地和語言交疊溫暖
蠻夷塗抹油彩反射耀眼陽光
炸裂的轟然在鼻腔濃郁迴響
雞同鴨講各自錯身獨木陽關

中原夜市美食五品

·之一　福建炒麵·

福氣氤氳看人群凝聚幸福
建立名聲需要圖文的構建
炒出翻滾騰躍以快手快炒
麵中之麵的王道榮歸炒麵

·之二　地瓜球·

喜樂的源頭來自無私的大地
種豆得豆理所當然種瓜得瓜
感謝種子重生天地哺育地球

·之三　鳥蛋·

一顆顆渾圓飽滿的小宇宙
以莫名的引力串連
以高溫高壓
煎熬形塑

・之四　鮮肉湯包・

鮮美地想像一群無瑕的赤裸
肉體橫陳看雲霧隨樂音起落
湯汁隱藏快感蔓延唇齒傳說
包裹孤單慰藉落寞對看溫柔

・之五　烤布蕾・

噴槍炙烤凝固想念的甜蜜
焦糖散布等待與瞳眸邂逅
綻放花蕾縈繞腸胃留芬芳

新明夜市美食七帖

·之一　瘋壽司·

瘋狂的創意不停追逐，關於
壽命延長的無私祕訣，交易
司空見慣的垂涎結局

・之二　鳳梨蝦球・

定位出類拔萃的極品龍鳳
口味接近流連高山的水梨
觸感驗證戶籍的生猛龍蝦
下鍋起鍋微笑地發球接球

・之三　橙汁排骨・

在天空懸掛一顆顆思念的柳橙
難過的眼淚轉瞬變成泛黃的微酸果汁
排除筋絡醃製沁入底層萬千滋味
骨氣矜持以烈火懸念一心

．之四　一口肉圓．

一丁點兒的慾望，呼喚
口腹之間的迴響
肉體的喜悅由夜色承擔
圓滿巡行的修煉旅程

．之五　波蘭甜點．

波濤起伏般不停撞擊鼻腔
蘭花的香氣包圍四面八方
眼鼻疲憊後甦醒繽紛香甜
省略驚嘆與疑問直接句點

．之六　冬瓜木耳露．

沒有淒厲徘徊的寒冬
瓜熟自落滾動豐滿人生
朝九晚五的平凡漸次麻木
耳提面命提煉秋分霜降白露

．之七　龍鬚糖．

龍行萬里盤桓編織萬千白鬚
糖意纏綿仰望雲彩化為金龍
鬚髮飛揚回憶甘甜童年似糖

八德興仁花園夜市五寫

·官財板·

一眼望去是平步青雲地升官
一口咬下是左右逢源地發財
完美演繹人生回頭一眼一板

・魚蛋・

優游大海的純真的魚
翻滾貫串麻辣的金蛋

・赤肉羹・

等待的滋味面紅耳赤
褪去想像包圍後的紅肉
聚散腸枯思竭的撫慰殘羹

‧香蕉煎餅‧

舞動叢林陣陣誘惑的香
碰撞擺盪裸露的黃蕉
熾熱地以細火乾煎
交融情慾的薄餅

‧粉圓‧

偶然相遇的知己幻化紅粉
吸吮一波波浮沉慾海的圓

龍潭夜市五味

・麻油雞飯・

麻煩隊伍蜿蜒一望無際，關於
油膩人生脂肪持續釋放
雞飛狗跳碰撞怨懟，乞求一口
飯菜的溫存擁抱

·潤餅·

以滿滿蒸氣重複加濕溫潤
涵容眾生挑剔的透明的餅

·刈包·

刈的讀音與指涉無法精密考據
包括誤用的歷史習慣覆蓋本義

．豆乳雞．

相思寄託成一 枚小小的紅豆
讓愛戀晃漾交融彷如水乳
晨昏失魂陷溺呆若木雞

．黑糖粉圓．

渾圓晶瑩的黑
浸漬飽滿如蜜糖
妝鏡塗抹胭脂水粉
千年回首盼邂逅團圓

石門活魚十吃

‧一吃：鮮魚湯頭‧

從頭開始，凝望
海洋的任性悠遊
在魚羊間頻頻對望……

‧二吃：香酥魚塊‧

烈火焚燒鼎鑊
直達地獄的無間救贖
笑傲紅塵斑駁

．三吃：豆瓣鮮魚．

沁入肌理的深沉發酵
爆香忐忑呼吸
滑溜鑽透肺腑

．四吃：糖醋活魚．

甜蜜的庶民基底
附帶少許的提味妒忌
生存的美好，見底

·五吃：蒜泥魚片·

赤裸的辛香嗆辣
周旋鼻腔
細剖生活的切面想像

·六吃：清蒸鮮魚·

雲來霧去
汩汩昇華的清白靈魂
現身人間告解

・七吃：三杯魚塊・

斟酌定量的酒精盛裝
腸胃不堪負荷
蹣跚江湖醉漢

・八吃：宮保魚丁・

加官晉爵之後
鮮紅翻攪
點綴平步青雲的搖頭擺尾

・九吃：豆酥蒸魚・

氤氳的三溫暖
胴體橫陳平躺
對比唇齒咀嚼品賞

・十：豆醬肚膛・

隱藏肚腹的晦暗心事
等待麻痺後的過度調味
諦聽，腦海回響

桃園伴手禮十則

・豆干・

註定邂逅黝黑濃稠的基層
切割眼耳鼻口的顏色質感
與生俱來的命運持續變化
浸月翻滾感染的平凡眾生

·花生糖·

就是這樣隨興地混雜擠壓
錯置時空的花生與糖
上下四方糾結沾黏
像極了愛情

·茶葉·

一絲絲烘乾夢想
盤點發酵的追逐程度
沖泡馨芳滿懷
深品甘香縈繞長廊

‧香菇‧

在潮濕與風乾擺盪
在陰暗和陽光交纏
撐開一把把陰暗的小傘
傘下的滋味由慾火加料烹調

‧客家麻糬‧

不起眼的出身，經歷
日月輪替的揉捏搥打
包容圓扁粗細在指掌間
以零散的編隊巡弋餐桌

·滷味·

捨不得的陳年思念
下意識地以低溫或真空保存
等待酒酣耳熱的甦醒
吶喊青春開封

·肉鬆·

像是盤根的老樹
在紅塵垂下亂髮
又如因風的柳絮，看
碗筷微笑相伴

・XO醬・

與對錯無關
純粹複製頂級縮寫的響亮名號
在海與海的擁擠肚腹
隨興交疊醞釀

・麻荖・

穿梭甜膩的蓬鬆
一團團很難掌握的拗口
只在豐盛的祭拜裡
抬頭

・手工皂・

等待，凝結後的邂逅
等待，短暫觸動的分毫肌膚
等待，觸動短暫的肌膚分毫
等待，邂逅後的溶解

卷六

藝文薈萃

硬頸昂首

——致鍾肇政

前方的路延伸如天涯漫長
行走的孤單彷如無盡瞻望
代代相傳的無解密碼，是
小小承諾的匯集凝聚累積
說法掩飾無端的肅殺手法
家門看似很近但難以到達

著作可以選擇想像的救贖
有些事被看見也沒人敢說
濁水在左清水在右交錯成
流域流動流水的滾滾洪流
三三兩兩的翅膀偶而飛過
部隊的軍靴任意繞路勾留
曲終人散看筆桿硬頸昂首

* 鍾肇政（一九二五－二〇二〇），桃園市龍潭區人，臺灣前行代小說家，曾任國民小學教師，臺灣客家公共事務協會理事長，總統府資政。曾獲吳三連獎、國家文藝獎、行政院文化獎等，追授一等景星勳章及褒揚令，著有《濁流三部曲》、《臺灣人三部曲》、《魯冰花》等，《鍾肇政全集》三十八冊由桃園市政府文化局出版。

曾經跨越年代腐朽的欄柵

——致鄭清文

曾經跨越年代腐朽的欄柵，歷史的
任務是自我承擔的鄉土訴說
職業固定在數字與數字挪移增減
華語與母語交替默默無言
南方的泥土總是溫暖多情且潮濕
銀兩在白晝的櫃台任性哼唱
行走的墨水尋覓心悸加速的頻率
四季遞嬗，日夜輪轉

十之八九徘徊縱橫的疆界
餘下記憶如冰山隱匿
年復一年摻雜苦澀酸甜

* 鄭清文（一九三二－二〇一七），桃園市桃園區人，戰後第二代作家，任職銀行四十餘年，著作以小說和兒童文學為主。曾獲美國桐山環太平洋書卷獎小說獎、吳三連獎、國家文藝獎等，著有《簸箕谷》、《報馬仔》、《燕心果》等。

一棵樹也能茂密繁盛森林

——致林鍾隆

一棵樹也能茂密繁盛森林
回憶童年點滴你情有獨鍾
書卷仍鼎盛激勵文意興隆
稿紙與鋼筆邂逅故事開創
不能隔夜的靈感隨手趕辦
馳騁的靈思穿越披星戴月
期待不必甦醒的沉靜星光
感恩溫暖普照的無私陽光

＊林鍾隆（一九三〇—二〇〇八），筆名林外，桃園市楊梅區人，兒童文學作家，臺灣第一本兒童詩刊《月光光》創辦人。曾獲金鼎獎、教育廳優良著作獎、開卷版年度最佳童書獎等，著有《愛的畫像》、《可敬可愛的楊梅》、《我要給風加上顏色》等，《林鍾隆全集》三十冊由國立臺灣文學館出版。

在白色籠罩的恐懼時日

——致李南衡

在白色籠罩的恐懼時日
思想驚悚地被鷹眼掃描占據
捆綁聲音包裝故事在市場上上下下
瞭望那座早早預約的裝修戲台
翻越高山稜線繼續期待出航的港灣
海平線外的世界仍不停上傳更新
你整理那些不用掃地的簡單斯文
隱匿巷弄無聲建構的思想與文學

＊李南衡（一九四〇—），桃園市龜山人，臺灣師範大學臺文所畢業，曾任廣告公司創意主任，兒童雜誌主編，信誼基金出版社社長，編有《日據下台灣新文學》五冊及其他著作多種。

天津街口

——致丘秀芷

看天際飛過遠方徬徨的小白鴿
抬頭凝望隱身雲翳後的千古月
驀然回首的新聞飄散天津街口
悲歡歲月交付歷史編織成傳說

* 丘秀芷（一九四〇—），本名邱淑女，桃園市中壢區人，歷任教職及公職，創作包含散文、小說、報導文學、傳記及兒童文學。曾獲中興文藝獎、中山文藝獎、國家文藝獎等，著有《小白鴿》、《千古月》、《驀然回首》、《悲歡歲月》等。

任性編織

——致涂靜怡

秋天的楓紅是繆思的任性編織
水湄漫步的浮雲寫意七彩的虹
詩情潺湲從山麓奔馳向大海的
刊載是無限延伸的墨漬與文人

* 涂靜怡（一九四一—），桃園市大溪區人，詩人及散文家，歷任公職多年，長年擔任《秋水詩刊》主編。曾獲國軍文藝金像獎、中山文藝獎等，著有詩集《織虹的人》、《畫夢》、《飲水思源》；散文集《我心深處》、《師生緣》等，另編有選集多種。

鼓浪出航

——致邱傑

永遠的波紋緩緩駛向故鄉
安然擁抱季風偶然的悲傷
夕陽後的美好由鏡頭收納
照映青春的足跡鼓浪出航

* 邱傑（一九四八—），本名邱晞傑，桃園市大園區人，曾任職聯合報、桃園文化基金會，兼擅文學與藝術創作。曾獲金鼎獎、洪建全兒童文學獎、吳濁流文學獎等，著有《十八甲阿公》、《永安夕照》、《偷刣豬的阿忠歐吉桑》等。

盤桓回音的昔日廳堂

——致莊華堂

小小的諾言兌換大大的戲臺，怎樣
說話如搭建的場景簡單架構出夢想
家的夢想公演一齣自己夢想的夢想

也許應該選擇一座小小的寧靜村莊
屋瓦掉落磚牆頽圮牆壁斑駁但風華
猶存的題辭仍盤桓回音的昔日廳堂

* 莊華堂（一九五七—），桃園市新屋區人，小說家、地方文史工作者。曾獲中央日報文學獎、臺灣文學獎等，著有《土地公廟》、《巴賽風雲》、《土匪窟的故事》等。

當一隻鯨魚渴望海洋

——致許悔之

正正當當
你是萬中選一
的那隻
浮浮潛潛的鯨
也是勇敢吐納世界的魚
在巡弋的旅程遺忘飢渴
深切地以回音盼望
有一方小小的私密的海
在無垠的汪洋

＊許悔之（一九六六—），本名許有吉，桃園市觀音區人，詩人、手墨藝術家，曾任職報刊多年，現為有鹿文化社長。曾獲中華文學獎、年度詩人獎、金鼎獎等，著有詩集《當一隻鯨魚渴望海洋》、《有鹿哀愁》、《我的強迫症》及其他多種。

在遙遠的地平線

——致陳謙

陳年往事懸掛在遙遠的地平線
謙虛和驕傲穿過夕陽滑行成湖面的金光
原鄉的風雨容易以臉辨識
來去之間是晃動的故事搖籃
是非寫成山雨欲來的蠢動
桃花綻放後的一頁灰藍，記得
園區凝視彼此憂鬱的落寞青銅，林木攜手
復育的夢想送給臺灣小孩
興建祖靈歡喜眷戀的昔日村落
人與人的心動連結心動的人與人

＊陳謙（一九六八－），本名陳文成，桃園市復興區人，佛光大學文學博士，曾任電視編劇及文化事業多年，現任教於國立臺北教育大學語文與創作學系。曾獲吳濁流文學獎，臺灣文學獎，臺北文學獎等，著有詩集《山雨欲來》、《灰藍記》、《給台灣小孩》及其他著作多種。

青春十四行

——致陳毅

十年累積的純真戀情
八年漫遊的奇幻童書
後來的故事仍累積，
，也許抽屜裡的便當
成就冰雪無瑕的清純
為生命浪漫搜尋真情
你已成為心中的少男
想不起誰會是乖乖孩
成功需要努力和際遇

為了明天能慢慢爬上
的高樓俯瞰奔馳的馬
大者恆大仍貫串首尾
人間無奈的善男信女
。還是喜歡當小男孩

* 陳毅（二〇〇〇—），桃園市蘆竹區人，現就讀國立中央大學中國文學系，導演、媒體人、作家，著有《十八後，成為你想成為的大人》和《情書，當純情男孩遇上馬尾女孩》。

天龍國傳奇

——致呱吉

呱呱叫是青蛙還是醜小鴨
吉凶吉凶吉凶由機率抽選
是是非非是非是非非是是
市民的奉獻散布松山信義
議場直播四年的另類神蹟
員額增減重置天龍國傳奇

* 呱吉（一九七三－）本名邱威傑，桃園市八德區人，曾任劇團編劇、演員、網路、手遊公司主管，為臺灣第一位踏進政壇的YouTuber，現任第十三屆臺北市議員。

翻閱歷史的紋路

——致戴國煇

滄海桑田擺動一路傾斜的水平
　戰火澆灌槍砲的喧鬧小鎮
思想不能侵入祖訓制約的禁區
獨在異鄉被莫名考據登錄成異客
　輕撫隨黑潮流浪詮釋的家
鋪陳被一頁頁歷史夾擊的人

* 戴國煇（一九三一－二〇〇一），桃園市平鎮區人，臺灣近代歷史學家，首開霧社事件與二二八事件研究之先，也最早提出「臺灣主體性」一詞。曾任日本文部大臣外籍諮詢委員，中華民國國家安全會議諮詢委員，遺作有《戴國煇全集》二十七冊。

語言文學類　PG2844　秀詩人103

桃園詩行

作　　者 / 方　群
責任編輯 / 孟人玉
圖文排版 / 黃莉珊
封面設計 / 陳香穎

發 行 人 / 宋政坤
法律顧問 / 毛國樑　律師
出版發行 / 秀威資訊科技股份有限公司
114台北市內湖區瑞光路76巷65號1樓
電話：+886-2-2796-3638　傳真：+886-2-2796-1377
http://www.showwe.com.tw
劃撥帳號 / 19563868　戶名：秀威資訊科技股份有限公司
讀者服務信箱：service@showwe.com.tw
展售門市 / 國家書店（松江門市）
104台北市中山區松江路209號1樓
電話：+886-2-2518-0207　傳真：+886-2-2518-0778
網路訂購 / 秀威網路書店：https://store.showwe.tw
國家網路書店：https://www.govbooks.com.tw

2022年10月　BOD一版
定價：250元
本書由桃園市立圖書館補助出版

讀者回函卡

國家圖書館出版品預行編目

桃園詩行 / 方群著. -- 一版. -- 臺北市 : 秀威資訊科技股份有限公司, 2022.10

面； 公分. -- (語言文學類 ; PG2844) (秀詩人 ; 103)

BOD版

ISBN 978-626-7187-08-1 (平裝)

863.51 111013202